씀바귀 뿌리를 무치는 아침

시와소금 시인선 154

씀바귀 뿌리를 무치는 아침

ⓒ한숙희, 2023, printed in Seoul, Korea

초판 1쇄 인쇄 2023년 02월 04일
초판 1쇄 발행 2023년 02월 10일

지은이 한숙희
펴낸이 임세한
디자인 유재미 정지은

펴낸곳 시와소금
출판등록 2014년 1월 28일 제424호
발행처 강원 춘천시 충혼길20번길 4, 1층 (우-24436)
편집실 서울시 중구 퇴계로50길 43-7 (우-04618)
팩스겸용 (033)251-1195 / 휴대폰 010-5211-1195
이메일 sisogum@hanmail.net
ISBN 979-11-6325-060-9 03810
값 12,000원

시와소금 시인선 · 154

씀바귀 뿌리를 무치는 아침

한숙희 시집

시와소금

▌ 한숙희

- 1959년 강원 양구 출생.
- 2006년 계간 《아동문예》에 「어린 왕자와 도라지꽃」 외 1편으로 등단.
- 첫 시집으로 『씀바귀 뿌리를 무치는 아침』이 있음.
- 현재, 혼자 글 쓰며 들꽃 사진을 찍으며, 꽃밭 가꾸며 살고 있음.

- 블로그 : http://blog.naver.com/present2612

오랫동안 거들떠보지 않은 채 처박아 두었더니
산발 머리처럼 헝클어져서 차마 눈 뜨고 보기 힘든 글을
얼레빗, 참빗으로 빗어 봅니다.
한미한 시골 미용사 솜씨가 어련하겠습니까만
빗질하고 꽃도 한 송이 꽂으니
헤벌쭉 좋습니다.
예쁜 꽃 꽂아주신 김용철 화백님, 고맙습니다.

세상은 요지경,
잘난 사람 잘난 대로 살고 못난 사람 못난 대로 삽니다.
그래서 나도 삽니다.
내 반쪽, 딸과 사위, 아들, 지난여름 태어난 세아,
늘 고맙고 사랑합니다.

2022년 끝 무렵
봉화산이 보이는 사명산 자락에서
한숙희

| 차례 |

| 시인의 말 |

제1부 만약 빗방울이

제2부 콩나물을 씻다가

제3부 새는 울지 않는다

제4부 그대 생각

제5부 미쳤구나! 단풍

제 **1** 부

만약 빗방울이

웅덩이 아포리즘

둑방길 작은 웅덩이가 하늘도 품고 구름도 품었다.
키 큰 나무도 품었다.

만물의 영장이라고 하는 내가
시도 때도 없이 밴댕이 소갈딱지를 부린다.

부끄럽다.

난 망했다

천지에 봄 햇살 수런거리는데
언 땅 뚫고 새싹 돋는데
설핏 지나는 바람도 노래하는데

수런거리기만 해도
돋아나기만 해도
스쳐 지나기만 해도
다 시가 되는데

내가 시를 쓴다고?
이 봄
난 망했다.

버들잎 편지

버들잎 한 잎에 기다림 하나
버들잎 두 잎에 기다림 둘
버들잎 세 잎에 기다림 셋

속절없는 기다림에 봄날은 가는데
늘어진 버들가지 나부낄 때마다
매달린 잎새만큼 띄워 보낸 편지를
어쩌면 한 잎도 못 읽으셨는지요

하루해가 이토록 긴 봄날에

그럴만한 까닭이 있겠지요

지난겨울이었습니다.

쓸만한데 버렸더라며 남편이 스텐 주전자 하나를

주워왔습니다.

성능 좋은 커피포트도 빈둥빈둥 노는지라

거들떠보지 않고 구석에 처박아 두었는데

오늘 문득 주전자가 눈에 들어옵니다.

어라?

찬찬히 보니 제법 예쁩니다.

슬며시 미안한 마음이 들어 반짝반짝 주전자를 닦습니다.

닦아놓고 자세히 보니

찌든 때 벗은 자태가 보통 예쁜 게 아닙니다.

괜찮습니다. 굳이 물 끓이는 일 따위 하지 않아도

그냥 있는 걸로 됐습니다.

요즘 같은 세상 버려져 찌그러진 신세가 어디

주전자뿐이던가요.

마음만 먹으면

돈만 있으면

뚝딱 새것들이 요술 방망이처럼 달려옵니다.

그럼에도 우리가 굳이

별 볼 일 없이 버려진 것들마저

나름 존재의 의미가 있다고 믿고 사는 덴

다 그럴만한 까닭이 있겠지요.

콕 집어 설명할 순 없지만

아무것도 아닌 일

꽃이 피었다 지는 일
사람이 태어나 한평생 살다가 죽는 일
별이 태어나고 사라지는 일
누군가를 죽을 만큼 사랑하는 일

실은 모두
아무것도 아닌 일

폐사지廢寺址에서

반백 년 겨우 넘긴 짧은 생에도
하루가 천년 같은 가슴앓이 한 날 많은데
천년 절터 망한 사연을 어찌 가늠할까.

아무리 지지고 볶아도
생이라야 기껏 한 호흡 들숨과 날숨
그 숨 알지 못하는 무심한 풀잎이
이 봄도 폐사지 언 땅 뚫으려 안간힘 쓰고 있다.

그게 어디 봄인가요

아무 일 없이 봄이 오면
그게 어디 봄인가요.

올 듯 말 듯 애태우고
한 걸음 내딛다 두 걸음 물러서고
수없이 애간장 들었다 놨다 해야
봄이지요.
그렇게 와야 진짜 봄이지요.

근데 말이지요.
끝 추위가 봄꽃을 시샘해두 말이지요.
햇살 한 줌
바람 한 줄기
풀잎 하나
꽃 한 송이
긴가민가 눈 살짝 흘기면
그건 정말 미치거든요.

말이야 바른말이지
구렁이 담 넘듯 봄이 오면
봄인가요.
그게 어디.

꽃 할머니

라면을 끓인 다음 치즈 한 장을 위에 얹으면
치즈 라면이 된답니다.

나도 오늘부터
머리에 꽃을 한 송이 꽂겠습니다.

나도 수세미다

주전자를 닦는다.
당최 반짝반짝 윤이 나질 않는다.
좀 더 힘을 주어서 바악박
좀 더 오래오래 닦아 본다.
그래도 반짝반짝 윤이 나질 않는다.

수세미는 낡았고
나는 늙었다.

한때는
빳빳하고 까칠했던
스쳐 지난 자리마다 반짝거렸던
사라락 소리마저 경쾌하고 즐거웠던
수세미

생각해보니
나도 수세미다.

꽃상여

천지간에 다시 잎 피고 꽃 피는데
가네
나는 가네
살아서는 돌아오지 못할 머나먼 곳
이 세상 오기 전 그곳으로
이제 돌아가네

잎 피면 청산 꽃 피면 화산인데
가네
나는 가네
청산 화산 다 지나 북망산
아버지, 어머니 계신 곳으로
이제 돌아가네

떠났다고 슬퍼 마시게
다만 그대보다 조금 먼저 가는 것
꽃상여 위에 눕고 보니

이승과 저승이 참말 지척일세

잘 있게나

아름다운 이 세상 즐겁게 사시다가

천천히 따라오시게나

오시는 날까지 부디 행복하시게나

부석사

처음 만났을 때 단박
그리워하다 죽으리란 걸 알았다.
어떤 시인은
그리워하다가 죽어버리라 했는데
실은 부처님께서도 그러라 하셨다는데
정말 죽어버리면 이 그리움 어찌 전할까.

이 봄도 죽지 않고 살아서 나는
무량수전 앞마당을 서성인다.
알 듯 모를 듯 비껴 앉은 석등처럼
앞마당을 벗어난 석탑처럼
첩첩이 멀어져가는 산맥처럼
무뎌지자 무뎌지자
닳도록 마음 모서리 쓰다듬는다.

모두 부질없고 부질없다.
모두 허망하고 허망하다.

그런데 나는

어쩌자고 덜컥 끌어안아 버렸을까.

이루지 못하고 죽어버릴 이 무량한 업(業)을.

청량사 清凉寺

늦가을 이른 아침 청량사
자로 잰 듯 비질해 놓은 유리보전 앞마당
밟아도 될까
나 같은 속물이

누군가 새벽 찬바람에 쓸어놓은
저 구도求道의 빗살 문양을
밟아도 될까
나 같은 속물이

햇살이라면 모를까
바람이라면 모를까
한 잎 낙엽이라면 또 모를까
나는 어찌하여 한세상 진창길만 걸어왔는가

맑을 清, 서늘할 凉
청량한 마당

아무래도 나 같은 잡것은

말없이 하산이 선문답이겠다

만약 빗방울이

만약 빗방울이
제가 내리고 싶은 곳을 골라 떨어질 수 있다면
한껏 벙글어 오른 꽃망울에 툭
커피 향 가득한 창 넓은 찻집 유리창에 쪼르르
우당탕 쏟아져 내리는 개울물에도 첨벙

그런데 만약 빗방울이
제가 내리고 싶은 곳을 골라 떨어질 수 있다면
내 가슴엔 떨어지지 않으려 하겠지
저도 아플 테니까

살구꽃

살구꽃 피려나
오마고 약속한 이 없는데
하루에 열두 번도 더
대문 밖으로 눈길이 가네

이러다 살구꽃 지고 나면 어쩌나
이 봄 내내
살구꽃
피지 않았으면 좋겠네

미역

얼마나 고향이 그리웠으면 맹물만 만나도 퍼질러져
말라비틀어진 몰골로 살아온 날들
헤롱헤롱 낱낱이 풀어놓는가

암만 밤새워 풀어놓아도
다시는 고향에 가지 못할 거면서

제 2 부

콩나물을 씻다가

부치지 못한 편지

오래된 책을 뒤적이다가 우연히
부치지 못한 편지 한 통을 만납니다.

잘 있나요.
나는 잘 있어요.

오랜 시간 누렇게 빛바랜 편지는
어쩌면 우리 마음의 현주소일지도 모르는데
말하지 못한 슬픔과 번민의 행간에서
풀잎을 스치는 바람 소리 들려 오는 건
여태 받지 못한 그대 답장인가요.

시간 위에 덧입혀지지 않은 푸른 시간에서
싸아한 박하 향 나는 건
여태 지우지 못한 내 사랑인가요.

엄마도 울 줄 압니다

늘 그랬듯 오늘 오전에도 콩 삶아서 갈아 놓고
두유기 청소하려고 수세미질 하다가
스위치를 잘 못 건드렸습니다.
순식간에 드르르 맷돌이 돌고
오래전 한 매디 끊어진 가운뎃손가락
그 손가락에서 주르르 피가 흘러내립니다.

아파서가 아닙니다.
무서워서가 아닙니다.
어제 같은 오늘,
오늘 같은 모습으로 다가올 내일,
열심히 산다는 건 간혹 슬픔일 때도 있습니다.

불현듯 돌아가신 친정엄마가 보고 싶고
오냐 오냐 어리광 받아 주시던 아버지도 보고 싶은
공연히 내 설움에 겨워
엉엉 웁니다.

지금 나는 세상 다 주어도 바꾸지 않을
예쁜 딸과 착한 아들의 엄마인데
엄마인 내 눈에서
눈물이 쉴 새 없이 떨어집니다.

엄마가 우는 게 뭐 어떻다고요
엄마도
때론 울 줄 압니다.

엄마, 맞죠?

여름내 공공근로 청소를 합니다.
잠시만 움직이면 비 오듯 땀이 흘러
기껏 닦아놓은 바닥에 후두둑 땀방울이 떨어집니다.
손으로 이마 한 번 쓰윽 훔치고 다시 걸레질한 후 허리 펼 때
어디선가 바람 한 줄기 불어옵니다.

엄마,
우리 엄마 맞죠?
늙은 딸내미 고생한다고, 힘들다고
바람
엄마가 보내주시는 거
아무려면 제가 모를까요.
잠깐이라도 엄마 생각하고
나 또한 엄마인 거 생각하라고
열심히 사는 모습 대견하고 기특하다고
흘러내린 머리카락 살며시 쓸어 올려주시는

엄마

우리 엄마, 맞죠?

빈자리

처음부터 누군가 있었던 건 아니었던 자리
처음부터 비어있었던 건 더더욱 아니었던 자리
어느 날 불쑥
햇살 사이로 둥둥 떠다니는 먼지 때문에
비로소 느끼게 되는 자리, 빈자리

가만히 들여다보면 손때가 묻어있는 자리
꼬질꼬질한 손때마다 작은 이야기들이 스무고개처럼 숨어있는 자리
살며시 더듬으면
어디선가 숨어있던 시간들이 재재거리며 깨어나
어느새 입가에 미소가 피어나게 하는 자리, 빈자리

그러나 자리, 빈자리
처마 끝에서 떨어지는 낙숫물 소리가 들려오는 자리
갈바람에 쓸려 다니는 낙엽 소리가 들려오는 자리
잘 볶은 커피 향이 맴도는 자리
아침보다 저녁이 더 횅해지는 자리

빈자리는 그런 뜻

세월의 거리와는 아무런 상관없이

그 후로 오랫동안

그리운 이의 온기가 머물러 있다는 뜻

온기만 남아있고 사람은 없다는 그런 뜻

콩나물을 씻다가

콩나물을 씻을 때마다 돌아가신 친정엄마 생각이 납니다.

콩나물 대가리 하나하나 알뜰하게 건져내시던 엄마는

어쩌다 수챗구멍으로 흘러가는 콩나물 대가리까지 기어이 꺼
내 씻으셨습니다.

음식 버리는 건 죄라고

알뜰살뜰 먹어야 죄짓지 않는 거라 하셨습니다.

한 번은 세수하는 물을 많이 쓴다고 엄마에게 꾸중을 들었습
니다.

"이승에서 낭비한 물 만큼 저승 가면 마셔야 한다."는 엄마
말씀이 무서워

지금도 물 한 방울 헤프게 쓰지 않습니다.

그땐 가난해서 어쩔 수 없이 아껴야 했지만

잘살게 되었다고 헤프게 살아도 괜찮은 건 아닙니다.

우린 지금 잘 살지만 잘 못삽니다.

오늘 아침, 콩나물국을 끓입니다.

싱크대 거름망에 가득 찬 콩나물 대가리를 보며

엄마가 이걸 보면 꾸중하실 텐데 생각합니다.

세월도 변했고 세상도 변했고 나도 변했습니다.

무얼 낭비하고 무얼 흘려보내든 누구도 말하지 않습니다.

그게 좋으면서도 외롭습니다.

콩나물국도 예전 엄마가 끓여주시던 그 맛이 아닙니다.

삶은 이렇게 흘러갑니다.

누군가 애지중지 콩나물을 기를 땐

부러진 대가리일지라도 버려지길 바라진 않습니다.

간혹 내 삶도

수챗구멍에 버려진 콩나물 대가리 같을 때가 있습니다.

지는 게 이기는 거다

엄마는 늘 이렇게 말씀하셨습니다.
"지는 게 이기는 거다."
친구랑 다퉜을 때도
동생에게 뭔가 양보해야 할 때도
시험을 망쳤을 때도
심지어 넘어져 무릎이 깨져 피가 날 때마저도

그러니까 전혀 생뚱한 일에도
엄마는 그 말을 찍어다 붙이셨습니다.
그 말이면 만사 해결된다고 생각하셨거나
그렇게라도 현실을 피해 가야만 했거나
어쩌면 모든 게 너무 막막했거나

봄비가 애매하게 뿌리는 오늘은
강아지와 산책을 나갈 수도
꽃밭을 가꿀 수도 없어서
멍하니 창밖을 바라보다 무심결에 중얼거립니다.
비야,

너에게 져서 아무 일도 못 하고 있으니
내가 이긴 거니?

사는 일이 그렇습니다.
오기 부리며 번드레하게 큰소리쳐도
속내는 수없이 상처받으며 무릎 꿇었고
누군가로부터 뒤통수 맞고 내동댕이쳐졌고
다시 일어나 기를 쓰고 덤비다 제풀에 자빠졌고
허허실실하다 비척거렸고
울다 웃다 화내다 보니 이제는 늙어버렸고
그런데 오늘은 한다는 짓이 겨우
애꿎은 봄비와 맞짱입니다.

"지는 게 이기는 거다."
오래된 엄마 말씀
언제나 나는 졌지만 실은 내가 이겼습니다.

여린 봄비가 모여 처마 끝 낙수로 투닥투닥 떨어집니다.
이겼다, 생각하니 마음이 편해집니다.

그때 울게요

하늘나라에 가 계시는
엄마가
하루 휴가를 얻어 오신다면
(중략)
숨겨놓은 세상사 중
딱 한 가지 억울했던 그 일을 일러바치고
엉엉 울겠다

— 정채봉, 「엄마가 휴가를 나온다면」 중에서(1946.1~2001.9)

만약 엄마가 정말 휴가를 얻어 나오신다면
엄마에게 숨겨놓은 억울했던 일 일러바칠 수 있다면
일러바칠 일이 너무 많습니다.
딱 한 가지만 일러바칠 수 없을 만큼 많습니다.
그러나 곰곰 생각하면
억울한 일을 차근차근 따라가면
개도 물어가지 않는다는 돈이 똬리를 틀고 있습니다.

돈이 권력이 된 세상입니다.

때론 권력마저도 돈 앞에서 고개 숙이는 세상입니다.

돈만 있으면 뭐든 해결되는 세상입니다.

그런데 평생 가난하게 살다 가신 엄마에게 일러바쳐 무얼 해결할까요.

엄마, 저 일러바칠 거 하나도 없어요

돈 아무리 많아도 죽을 땐 땡전 한 푼 .가져갈 수 없다는 거 알거든요.

남한테 꾸러 안 가고

우리 식구 등 따시고 배 부르면 족하다는 거 알거든요.

그게 행복이라는 거 알거든요.

이담에 주머니조차 없는 수의 한 벌 달랑 걸치고 저세상에 갔을 때

아버지 엄마가 저 멀리에서부터 버선발로 뛰어오시며

"오냐 오냐, 내 새끼, 잘 살고 왔구나."

"말하지 않아도 너 사는 모습 다 보고 있었구나" 하시면서

토닥토닥 등 두드려주실 거 알거든요.

저 그때 아버지 엄마 발아래 철푸덕 엎어져
엉엉 울게요.

가을 저녁

처서 지나면
모기 입 삐뚤어지고
풀도 울며 돌아간다고
울 엄니 저녁밥 푸면서
비 맞은 중처럼 구시렁거리던 소리

또 하루 일용할 양식 짊어지고
저녁노을 비껴 앉은 검은 산자락 끝
아이들 기다리는 집으로 돌아가는 길
그래도 모기 입 제자리에 붙어 있던 날이
좋은 날이었다고
없는 놈 설움은 더위보다 추위가 더한 거라고
엄마처럼 나도 구시렁거리는

아름다운
가을 저녁

귀인貴人과 귀부인貴夫人

설 연휴에 가족과 함께 영화를 봤습니다.

'죄와 벌'이라는 부제가 붙은 '신과 함께'입니다.

저승 법에 의하면 모든 인간은 사후 49일 동안

살인, 나태, 거짓, 불의, 배신, 폭력, 천륜 이렇게 7번의 재판을 거치고

7개의 지옥에서 7번의 재판을 무사히 통과한 망자만이 환생하여

새로운 삶을 시작합니다.

엔딩 자막이 올라가고 영화관 불이 켜지면서

자리에서 일어나던 딸이 말했습니다.

"우리 아빠 틀림없이 귀인(貴人)이 되어 환생할 거야."

"맞아."

누나 말이 끝나기 무섭게 아들도 맞장구칩니다.

"그럼 엄만 당연히 귀부인(貴夫人)이니까 함께 환생하겠네."

아이들 둘 다 대답이 없습니다.

상관없습니다.

나는 남편 바짓가랑이 악착같이 붙잡을 테니까요.
미나리꽝 찰거머리처럼 붙어 떨어지지 않으면
염라대왕인들 어찌해 볼 도리 있을까요.

살아보니 알겠습니다.
부초 같고 뜬구름 같은 생에서
착한 사람과 함께 사는 게 얼마나 큰 행운인지
그까짓 거 좀 손해 보며 살지요.
덜 쓰고, 덜 먹고, 덜 입고, 덜 다니며 살지요.
못난 얼굴에 낀 눈곱 서로 닦아주면서
오줌이 마려워 잠 깬 새벽 곤히 잠든 당신 모습 불쌍히 여기면서
짜장면 걷어 올리는 젓가락 위에 탕수육 한 점씩 놓아 주면서
그리 살지요.
죄도 없고 벌도 없이 그리 살지요.

나는 귀인貴人과 함께 살아서
사나 죽으나 귀부인貴夫人입니다.

김장하는 법

올봄 시집간 딸에게 김장하는 법을 알려주겠다며
나는 네가 말하는 레시피 같은 건 잘 모르니
내 방식대로 알려주겠다며
배추는 어떻게 고르고 절여야 하는지
양념은 무얼 준비하고
쪽파와 갓은 어떤 규격으로 썰어야 적당한지
속은 어떻게 버무려 넣는지
간은 어찌해야 맞는지 구구절절 쓰는데
온종일 씨름하고 해거름이 되도록 끝내 마치지 못합니다.
머리 허얘지도록 김장했지만
한 번도 계량이란 걸 해 본 적 없는 탓입니다.
돌아가신 친정엄마처럼
눈대중 손대중, 마구잡이 느낌으로 한 탓입니다.

전화를 겁니다.
나 살아있는 동안은 김장해 주겠다고
나 죽고 나면 그때부터 알아서 하라고

그때쯤이면 너도 잘할 거라고

저절로 잘하게 됩니다.
처음엔 긴가민가 싶어도
몸이 저절로 기억하고
입맛이 저절로 찾아가게 됩니다.
저절로 잘함에 세월이 더해지면 더 잘하게 됩니다.
내 딸과 손녀딸은 나보다 훨씬 더 잘하게 됩니다.
어떤 이는 집안 내력이라고 하겠지만

아닙니다.
모든 엄마의 역사는 그렇게 흘러왔습니다.

이 세상 어딘가에

비가 오거나
눈이 내리거나
바람이 불거나
창가에 햇살 촘촘해서 마냥 좋은 날이거나
일없이 쓸쓸한 날에도
이 세상 어딘가에 그대 있음이
생각나곤 합니다.
저녁 장을 보기 위해 나선 어시장
퍼덕거리는 생선을 집어 올릴 때
반짝이는 비늘처럼 그대가 순간
튀어 오르기도 합니다.

오늘 같은 휴일 그대는
햇살 밝은 창가에서 가느다랗게 실눈을 뜨고
조간신문을 읽을까요.
때로는 내 이름 석 자 중 어느 한 글자가
신문활자 귀퉁이에서

비눗방울처럼 동동 떠올라
그대에게 나도
이 세상 어딘가에 살고 있을
그대일까요.

어쩌면 다행입니다.
그대는 어떨지 알 수 없지만
이 세상 어딘가에
나는 거기까지만 생각합니다.

커피와 천혜향

꿈인 듯 생시인 듯 밤새 끙끙 앓았습니다.
길도 없고 인적도 없는 낯선 곳에서 헤매고 있을 때
멀리 사는 친정 조카가 불현듯 나타났습니다.
네가 이 먼 곳까지 어쩐 일이냐.
고모, 저는 여기서 천혜향을 좀 팔아 보려구요.
우선 고모가 이 천혜향 맛 좀 보실래요?
익지도 않은 시퍼런 천혜향은 보기만 해도 신 침이 돌았습니다.
마지못해 껍질 까서 한 조각 입에 넣자마자
기겁하고 오만상을 찡그리며 뱉어냅니다.
애야, 나는 도저히 못 먹겠구나.

바닥으로 꺼지는 듯한 몸을 일으킨 아침
갑자기 중력이 반의반으로 줄어든 듯
허공에 붕붕 떠다니는 발걸음이 낯선 아침
습관처럼 빵 한 조각 굽고 커피를 내립니다.
믹스커피를 좋아하는 남편은 이따금 묻습니다.
안 써?

나는 코웃음까지 치며 건방지게 대답합니다.
아무리 커피가 써도 인생살이 쓴맛만 하겠어요.

사는 일, 커피보다 더 씁니다.
덜 익은 천혜향보다 더 시고 떫습니다.
이번 생에 어찌어찌 쓴맛과는 친해졌으나
시고 떫은 맛까지 친해지긴 틀렸습니다.
겨우 쓴맛 하나 친해지는데 육십 년도 넘게 걸렸으니까요.
그러니 그냥 생긴 대로 살다 가야겠습니다.

쓴 커피나 마시면서.

청춘사진관

만약 내가 어느 영화에서처럼 삼십 년 젊어지는 청춘사진관을 만나더라도

사진관에서 청춘을 되돌리고 싶지 않다고 생각했습니다.

굽이굽이 설움 많은 삶을 삼십 년이나 되돌리다니요.

한 삼십 년 세월 훌딱 건너뛰어 늙어버리는 사진관이 있다면

남은 고생 삼십 년이나 감면받는 셈이니 그건 생각해 볼 수 있지만요.

그런데 요즘 생각이 조금씩 바뀝니다.

삼십 년 청춘을 되찾게 되면

돌아가신 우리 친정 엄니, 아버지 다시 만날 수 있을 테고

정말 그렇다면 내 고생쯤이야 얼마든지 할 수 있다구요.

울 엄니, 아버지 이승에서 다시 모실 수만 있다면

소문난 팔도 맛집 다니며 맛난 거 다 사드리고

몸에 좋다는 영양제 아침, 저녁 챙겨드리고

철철이 근사하고 세련된 옷도 사드리고

팔짱 끼고 영화관에 가서 눈물, 콧물 짜는 영화도 함께 보고

싶습니다.

어떤 일에도 절대 투정 부리지 않고

이럴 거면 뭐하러 날 낳았냐며 대들지도 않고

대학교 안 보내줘서 요 모양 요 꼴로 산다고 악도 쓰지 않고

전셋돈 보태라는 가슴 후벼파는 소리도 안 하고

아프면 병원 가시라며 돈 몇 푼 드리고 돌아서는 불효막심도
저지르지 않고

하여간, 하여간, 하여간,

엄니, 아버지 맘 아프게 하는 일은 절대 하지 않겠지만.

그런데 만약,

정말 삼십 년 젊어져서 부모님 잘 모시고

누가 봐도 호의호식했다 여길 만큼 살다가 돌아가시면

지금처럼 두고두고 후회하는 일이 하나도 없게 될까요.

행인지 불행인지 삼십 년 젊어지는 청춘사진관은 이 세상에
없지만

나는 한참을 생각하고 나서

머뭇머뭇 행에다 한 표 던집니다.

오십견

아픈 팔 하나
축 늘어져 내 몸에 붙어 있습니다.
움직일 때마다 아프다고 아우성입니다.
그동안 얼마나 많은 일을 혼자 했는지 아느냐고
말없이 힘들었던 속내를 아느냐고 시위 중입니다.

살면서 단 한 번도 내 몸뚱아리 불쌍하다고
여겨본 적 없었습니다.
세상에 그만 일도 하지 않는 사람 있냐고
세상살이 나만 힘들고 고달프냐고
먹고 사는 일이 그렇게 만만하게 보이더냐고
그런데 지금
그렇게나 솜씨 좋고 날렵하던 내 오른팔
내 딸인 듯, 입 안의 혀인 듯 싹싹하던 오른팔이
어쩌다 짐 덩어리가 되어
힘없이 어깨에 붙어 있습니다.

지금 내 오른팔은

밥숟가락 들기조차 힘겹고

똥 누고 뒤를 닦는 일조차 할 수 없습니다.

반백 년 넘게 열심히 살아온 날들의 훈장이 바로

오십견이랍니다.

고맙습니다

내가 국민학교 다닐 무렵이니까 1960년대쯤입니다.

큰언니는 시집갔고 둘째 언니는 취직해서 서울에 있었기 때문에

집엔 4남매가 옹기종기 있었습니다.

아침 밥상엔 아버지, 엄마, 우리 4남매 이렇게 여섯 식구가 둘러앉았습니다.

삶은 보리쌀 가운데 얹은 쌀 한 줌은 아버지와 큰오빠 차지였고

엄마와 나머지 삼 남매는 늘 꽁보리밥을 먹었습니다.

반찬이라야 된장국 아니면 된장찌개, 김치와 푸성귀 따위가 전부였습니다.

당시엔 거지가 많았습니다.

거지들은 밥때만 되면 귀신같이 깡통을 들고 나타나곤 했습니다.

꽁보리밥 몇 술 뜰라치면 나타나는 거지를

엄마는 한 번도 그냥 돌려세우지 않았습니다.

솥에 보리밥 누룽지라도 남아있으면 다행인데 그렇지 않을 땐

엄마가 먹던 밥에 나물 몇 가지 얹어 거지의 깡통에 부어 주곤
했습니다.
엄마는 뭐 먹어? 하는 눈길로 쳐다보는 우릴 의식해서인지
"난 벨로 배 안 고프다. 됐다."
혼잣말인 듯 들으라는 말인 듯하시곤 숭늉을 들이켰습니다.
그땐 엄마는 정말 배가 고프지 않은 줄 알았습니다.
다행인 건 거지들이 매일 우리 집에 오지는 않았다는
사실입니다.
아침부터 밤늦도록 허리가 휘게 일해야 겨우 입에 풀칠하던
시절이었습니다.
보리밥이나마 뱃구레 든든하게 채워야 일할 수 있고
일해야 자식새끼 굶기지 않는다는 걸 엄마라고 모르셨을까요.
그러나 엄마는 늘 더 불쌍한 사람을 먼저 챙기셨고
우리는 그런 엄마를 보며 자랐습니다.

배려는 진심입니다.
거지는 엄마를 믿고 우리 집에 자주 왔지만

자신들 때문에 엄마가 밥을 굶는다는 걸 눈치챘기 때문에
자주 오지 않았을 수도 있습니다.
엄마와 거지 모두 서로를 배려한 것입니다.
세월이 많이 흘러 지금의 나는
거지에게 밥을 주던 엄마보다 훨씬 더 나이 들었습니다.
주위에 이제 밥 굶는 사람은 거의 없습니다.
가끔 나에게 묻습니다.
나에겐 자기 밥을 기꺼이 내어주던 엄마의 DNA가 얼마나
남아있는지
어쩌면 남은 생은 그 답을 찾아가는 여정이 될지도 모릅니다.

어머니
없는 사람 살기 힘든 겨울의 길목,
한 해의 끄트머리에서 어머니를 생각하며 그리워합니다.
언제나
고맙습니다.

제 3 부

새는 울지
않는다

장님의 등불

어두운 밤

한 장님이 손에 등불을 들고 길을 가고 있었습니다.

맞은 편에서 오던 사람이 물었습니다.

"당신은 앞을 보지 못하는데 어째서 등불을 들고 가는지요?"

장님이 대답했습니다.

"이 등불은 저를 위한 것이 아닙니다.

혹시 다른 사람이 저를 보지 못해서 부딪칠까 봐 들고 가는 것입니다."

나는

언제쯤

다른 사람을 위한 등불을 들 수 있을까요.

겨울비

설날 지나고
일없이 까무룩해 지는 연휴의 오후
아이들이 떠난 빈 거실에 모로 누워
내리는 겨울비 소리 듣는다.
아득히 빗속 아스팔트를 질주하는 자동차 소리 듣는다.
다시 앞을 향해 달려가는 사람들
잠시 저당 잡혀 놓았던 비루함을 되찾으러 가는 사람들

명절 뒤끝의 개운함과 서운함
고향 집에 남겨진 사람들을 뒤로하면
세상은 어차피 질척한 길
오늘은
그 질척함 위로 차가움을 더하는 겨울비 내린다.
가난한 양철지붕 위에도 겨울비 내린다.
와다다다…
우두두두…
빈 거실에 빗소리 가득하고

나는 무료한 몸을 뒤척이며 돌아눕는다.

시간마저 제멋대로 뒹군다.

새는 울지 않는다

새는 울지 않는다.
새소리는 사람 같은 일상의 말이다.
좋은 아침!
오랜만이야.
기운이 없어 보여, 배고프니?
내게 먹을 게 좀 많은데 나눠 줄게.
심심해, 나와 친구 해 줘.

새는 노래하지 않는다.
새소리는 애절한 사랑가다.
기압이 낮아 소리가 더 멀리 가는 아침마다
간절하게 짝을 찾는 세레나데다.
나 여기 있어.
제발 애타는 내 소리를 들어줘.
나는 먹이도 잘 물어오고, 무엇보다 잘 생겼거든.

새는 집을 짓지 않는다.

새끼 낳아 기를 때만 잠시 둥지를 짓는다.

새끼 또한 하늘을 날 수 있을 때까지만 내 새끼,

부모 자식이어도 간섭하지 않는다.

하늘을 날며 살아가는 자유의 대가는

풍찬노숙 비바람과

먹고 먹히는 생존의 벼랑이지만

새는 안다.

어느 것의 가치가 더 큰지.

새는

울지 않고

노래하지 않고

집을 짓지 않는다.

풍찬노숙 비바람을 안고 산다.

새가 높이 날 수 있는 이유다.

굽은 나무

양구 수목원 비밀의 숲으로 올라가는 계단 중간쯤
굽은 물박달나무 한 그루 있습니다.
굽은 채로 나이 먹으면서
굽은 채로 키 크고
굽은 채로 몸집도 굵어졌습니다.
밑동을 보면 처음부터 굽었던 건 아닙니다.
나무는 어느 한때
생각을 너무 많이 했을지도 모릅니다.
아무리 애써도 하늘에 닿지 못한다는 걸
일찍 알아버렸을지도 모릅니다.
어쩌면 스스로 흙수저라고 잠시 삐뚤어졌을까요.

계단을 오를 때마다
나무를 한 번씩 쓰다듬습니다.
나도 너처럼 굽은 채 살아왔다고
살다 보니 굽은 만큼 낮아지더라고
구불구불 세월이었지만 그래도 괜찮았다고

나무도 알고 나도 압니다.
어쩌면 누구나 알고 있지만
누구도 입 밖에 말하지 않는 것일 수도 있습니다.
모두 굽었지만 굽지 않은 척 살아가고 있는
이 한 생이 얼마나 부질없는지.

잘 못 왔다

매서운 겨울 아침 출근길
대여섯 마리 소를 실은 트럭이
아주 천천히 가고 있습니다.
행여 소들이 다칠세라 천천히 갑니다.
그 뒤를 나도 천천히 운전하며 따라갑니다.
행여 소들이 놀랄세라 천천히 갑니다.

소는 오늘 죽으러 가는 길
나는 오늘을 살기 위해 가는 길
모든 생명 있는 것들의 시간은 언젠가 죽음에 이르지만
오늘 아침 스치듯 만난 소와 나의 시간은
하필이면 죽음과 삶의 교차점입니다.
살러 가는 나는
죽으러 가는 소와 눈이라도 마주칠까 더럭 겁이 납니다.
말 못 하는 짐승 소도
할 말 제대로 못 하고 사는 사람 나도
매한가지 이 풍진 세상입니다.

굽어진 길을 돌아설 때
갑자기 겨울바람이 몰아쳐
가로수 위에 쌓인 눈이 지붕 없는 트럭 위로 쏟아집니다.
나는 소 들으라는 듯
나 들으라는 듯 중얼거립니다.

"너나 나나 잘 못 왔다."

세상에서 제일 큰 아픔

여름이 끝나가던 지난 8월의 마지막 날 가을이를 데려왔습니다.

가을이 시작될 때 데려왔기 때문에 가을이로 이름 지었습니다.

여섯 살 가을이는 외딴집 골짜기에서 자유로운 영혼으로 뛰어놀며 살았습니다.

짬밥이 있을 땐 배 터지도록 먹고, 없으면 굶기도 했습니다.

엉겨 붙은 털과 지독한 냄새, 온몸에 뒤집어쓴 진드기까지

가을이는 그냥 살아있는 오물 덩어리였습니다.

데려오기 전 숱하게 고민했습니다.

돈 때문입니다.

나 살기도 힘든데 솔직히 감당해야 할 병원비가 겁났습니다.

그러나 결론적으로 가을이 데려온 건 참 잘한 일입니다.

생각보다 많은 가을이 병원비 매달 감당해도 나는 아직 별 탈 없고

가을이는 비로소 반려견다운 삶을 찾았습니다.

가을이와 내가 만난 건 정해진 운명이었습니다.

나는 단순합니다.

목숨 지니고 태어난 모든 생명은 다 귀하다고 여길 뿐입니다.

새는 새답게

물고기는 물고기답게

개는 개답게

그리고

사람은 사람답게

하나님께서 천지 만물을 창조하실 때

사람만 귀하고 다른 생명은 귀하지 않다고 하셨을 리 만무합니다.

"한 인간을 구한 사람은 온 세상을 구한 것과 마찬가지다."

탈무드에 나오는 말입니다.

"세상 모든 것들은 미묘한 균형을 이루며 함께 공존한다."

영화 '라이온 킹'에서 무파사가 한 말입니다.

"한 국가의 위대함과 도덕적 진보는 그 나라의 동물들이 받는 대우로 짐작할 수 있다."

간디의 말입니다.

여러 가지 병을 함께 지닌 가을이가 얼마나 아픈지는 모릅니다.
막연히 힘들 거라 짐작할 뿐입니다.
가을이가 아프면 나도 아픕니다.
손톱 밑 가시 같은 실질적 고통도 아니고
어딘가 깨져서 피가 나는 아픔도 아니지만
생각만으로도 명치 끝이 아픕니다.

전직 대통령이 수년간 기르던 개를 파양했다는 뉴스로 세상
이 떠들썩합니다.
그 소식을 들으며 가슴이 아팠습니다.
사람이나 짐승이나 아픔은 똑같이 느낍니다.
그리고 세상에서 제일 큰 아픔은
사랑하는 사람으로부터 버림받는 일입니다.

단표누항簞瓢陋巷

일단사 일표음 재누항(一簞食 一瓢飮 在陋巷)이야

언감생심이지만

흉내 조금 내기로

공자께서 허물하시진 않겠지요.

실은 일단사 일표음(一簞食 一瓢飮)은 배가 고파 못하고

재누항(在陋巷)도 일찍이 물 건너 갔지만

시늉 조금만 해도 사람처럼 보여지는 세상임을

공자께서도 이해하시겠지요.

가진 것 벼룩 간만큼 덜어내어 기부랍시고 하고선

벽에 걸린 단표누항(簞瓢陋巷)액자를

차마 보지 못합니다.

그래도 낯짝이 있긴 있습니다.

* 일단사일표음 재누항(一簞食一瓢飮 在陋巷) : 한 소쿠리의 밥과 한 표주막의 물, 누추한 곳에
  거처함.
논어(論語) 옹야(雍也)편에 나오는 공자의 말 일부.

밥솥, 입을 다물다

오래된 밥솥이 입을 다물었다.
취사를 시작한다고
뜸을 들인다고
이제 밥이 다 되었다고
그렇게나 야물딱지게 알려주더니
어느 날 갑자기 말을 뚝 끊었다.

오랜 세월 함께 살았으니
입을 다물어도 상관없긴 하지만
굳이 말하지 않아도 다 알지만
언자불여지자묵(言者不如知者默)
일마다 일일이 말을 해야만 성에 차는
사람이 외려 답답하다는 듯
다만 제 할 일 다 해놓고
마냥 입을 다문 밥솥

道는

나보다 밥솥이 먼저 깨쳤다.

* 언자불여지자묵(言者不如知者默) : 말하는 자는 알면서 침묵하는 자만 못하다는 뜻으로 노자가 한 말이다.

발톱을 깎으며

돋보기 쓰고 쭈그려 앉아 발톱을 깎습니다.
제 살인 줄도 모르고 파고드는 오른쪽 엄지발톱
"일자로 똑바로 깎으셔야 해요."
의사의 말도 팽개치고 동그랗게 깎습니다.
동그라니까 예쁩니다.

모래처럼 부서져 내리는 왼쪽 엄지발톱은
오래전부터 무좀균에 점령당했습니다.
그래도 야스리로 살살 다듬습니다.
매끈하니까 예쁩니다.

내 육신 가장 낮고, 어둡고, 힘든 곳에서도
묵묵히 자라는 발톱을 깎으며
삶의 무게
육신의 무게
고단한 시간의 무게 덜어냅니다.

내일 아침부터 다시 새로운 무게를 달아줄

한 치 거짓 없는 저울의 눈금

열 개의 발톱이 든든합니다.

봄이 오면 나는 꽃장수가 하고 싶다

해마다 봄이 오면 나는 꽃장수가 하고 싶다.
사람들이 많이 오가는 농협 오거리
양지바른 모퉁이에 자리를 펴고
수줍게 고개 숙인 할미꽃 화분 몇 개
옹알옹알 노오란 양지꽃 화분 몇 개
나머지 빈자리는
텃밭에서 캔 고들빼기 한 바구니, 냉이 두 바구니쯤 놓고

손님이 없으면 종일 꾸벅꾸벅 졸아도 좋을 것 같다.
햇살 이불과 바람 자장가
덤으로 봄 내음

학교 마치고 집으로 가던 아이들이 마수걸이 손님으로 다가와
할머니, 이 꽃 이름이 뭐예요?
나 같은 할미꽃이란다.
얼마예요?
나는 초롱초롱한 눈망울을 바라보다가

그냥 가져가렴, 가져가서 잘 키우렴

화분을 들고 팔랑팔랑 뛰어가는 뒷모습을 오래오래 바라보고 싶다.

어쩌면 장을 보러 나온 새댁이 멈칫멈칫 다가와

할머니, 꽃장수예요? 나물 장수예요? 웃으며 물어오면

손으로 입을 가리고 웃으면서

당연히 꽃장수지, 고들빼기, 냉이 다 꽃이잖어

한 땐 나도 꽃이었잖어

해마다 봄이 오면 나는

사람들이 많이 오가는 농협 오거리 양지바른 모퉁이에서

꽃장수가 하고 싶다.

듣다

들을 청(聽)은
귀 이(耳),
임금 왕(王),
열 십(十),
눈 목(目),
한 일(一),
마음 심(心)이 합쳐진 글자입니다.
귀를 왕처럼 크게 하고
열 개의 눈으로 보면
하나의 마음으로 들린다는 뜻이랍니다.

어찌 된 세상이 듣는 이는 없고
입이 대광주리만 해서 떠드는 사람만 득시글거립니다.
특별한 시 어떤 섬에 있는 사람들이 주로 그렇습니다.
촌구석에서 입 꾹 다문 채 사니까
귀마저 들리지 않는 줄 아나 봅니다.

귀를 왕처럼 크게 하고

열 개의 눈으로

한마음으로

다

듣습니다.

그놈 때문에

그만 먹으라 하면 더 먹겠다 떼쓰고
일찍 자라 하면 밤새 눈알 데룩데룩 굴리고
성질 죽이라 하면 더 기고만장하고
사사건건 토 달고
시도 때도 없이 제가 옳다고 고집 쓰는
천하 불상놈이
내 안에서 나와 같이 삽니다.

나이도 먹을 만큼 먹었으니
좋게 좋게 살자고 타이르면
잠시 주억거리는 척하지만 그때뿐입니다.
그놈 고집으로 말하자면 쇠심줄보다 더 질기고
소금물에서 삼 년 묵은 박달나무보다 더 단단합니다.
게다가 그놈은 내가 죽어야 같이 죽을 심보가 분명한데
그러려면 툴툴거리지 말거나
국으로 잠자코 있거나 할 일이지.

평생을 내가

고개를 제대로 들 수 없습니다.

그놈 때문에.

종국에는 죽는다

한동일 교수님의 책 〈라틴어 수업〉을 읽다가

Vulnerant omnes, ultima necat.

(불네란트 옴네스, 울티마 네카트.)에서 오래 멈춥니다.

Vulnerant omnes, ultima necat.

(불네란트 옴네스, 울티마 네카트.)는

'모든 사람은 상처만 주다가 종국에는 죽는다.' 는 뜻입니다.

결국이 아니라 종국입니다.

결국은 일의 결과가 그렇게 돌아감이고

종국은 일의 마지막입니다.

우리 모두는 '결국' 죽는 게 아니라 '종국' 에는 죽습니다.

'종국' 은 간결하지만 단호합니다.

모든 사람이 다 상처를 준다는 말에 동의하지 않으면서

실은 동의합니다.

나 자신도 나에게 상처를 줍니다.

부부끼리도 상처를 줍니다.

부모와 자식 간에도 상처는 피할 수 없습니다.

타인은 말할 필요조차 없습니다.
때론 떨어지는 낙엽과
차갑게 내리는 빗줄기마저도 상처가 됩니다.
아물고, 도지고, 다시 생기는 상처의 길을
우리는 삶이라고 부르는지도 모릅니다.

ultima necat.(울티마 네카트.),
'종국에는 죽는다'는 사실이 위안이 됩니다.
상처를 준 사람, 상처를 받은 사람
시차와 방법이 다를 뿐 종국에는 모두 죽습니다.
더 늦기 전에, 죽기 전에, 종국이 오기 전에
ultima necat.(울티마 네카트.)를 안다면
우리는 지금보다 더 사랑할 수 있을까요.
ultima necat.(울티마 네카트.)는
힘들고, 서럽고, 애매하고, 불평등한 세상에서
가장 평등한 은혜입니다.

길냥이 새끼고양이의 죽음

오늘 아침 따라 고양이 집이 들여다보고 싶었습니다.

조심조심 문을 열었을 때

처음엔 새끼고양이가 잠든 줄 알았습니다.

잠든 게 아니라는 걸 알아채는 데 0.1초도 걸리지 않았습니다.

겁이 많은 새끼고양이들은 내 발소리만 들려도

후다닥 집을 뛰쳐나와 꽁지 빠지게 도망치곤 했었습니다.

길냥이 새끼고양이 한 마리가 죽었습니다.

전기장판이 켜진 따뜻한 바닥에서 잠든 듯 죽었습니다.

만져보니 몸이 따뜻합니다.

잠시 왜 죽었을까 궁금해하다가 그만둡니다.

죽음은 삶의 영역이지만

죽음의 뜻은 삶의 영역이 아니기 때문입니다.

죽음은 한 생명에게 우주의 소멸이지만

죽음의 뜻은 또 다른 생명의 순환이기 때문입니다.

광목을 잘라 둘둘 감싼 새끼고양이 사체를 작은 상자에 넣습니다.

그리고 소각용 쓰레기봉투에 담습니다.

한겨울이라 땅은 팔 수 없습니다.

"잊지 말고 저녁때 버리세요."

"알았어."

대답하는 남편 목소리가 젖었습니다.

날은 추워도 햇살이 좋아서 고양이 집을 소독한 후

햇빛 가득 들어올 수 있도록 문을 활짝 열어 놓습니다.

일 다 끝내고 나니 일없이 눈물이 핑 돕니다.

내일이면 새끼고양이는 소각장에서 태워질 것입니다.

그게 100일 남짓 이름조차 갖지 못한 채 살았던

길냥이 새끼고양이의 삶 전부입니다.

자연사自然死

아침 산책길에서
작은 짐승 뼈와 새의 깃털이 흩어져 있는 흔적을 봅니다.
지난밤 내가 잠든 사이 누군가는 먹고 누군가는 먹혔습니다.
자연에서 먹고 먹히는 일은 자연스럽습니다.
천수를 다 누리는 게 오히려 부자연스럽습니다.
알뜰하게 살점 발려진 뼛조각과 흩어진 깃털은
자연스러운 자연사自然死입니다.

사람의 자연사自然死를 생각합니다.
행복한 삶, 천수, 멋진 유언과 평온한 임종, 그 자연스러운
생각들이
조금도 자연스럽지 않습니다.
자연스럽게 살다 죽는 일조차 자연스럽지 않은 세상을
우리는 오늘도 자연스러운 척 살아갑니다.

내가 자연사自然死 못 하리란 건
나만 모르는
비밀입니다.

제 **4** 부

그대 생각

인연

인연은 늘 우연처럼 찾아오지만
세상의 모든 인연은 필연입니다.

당신과 나도 그렇습니다.

가여운 내 반쪽

들통에 삶은 콩을 소쿠리에 쏟으려다 팔뚝을 데었습니다.
쓰리고 아파서 절절매는데
나의 반쪽이 얼른 서랍에서 연고를 꺼내 발라 줍니다.
무슨 연고냐고 물었더니 헛바늘 돋은 데 바르는 연고랍니다.
우선 이거라도 발라두랍니다.

기가 막혀서 멀뚱하니 쳐다보다가 이내 눈길을 거둡니다.
언제 헛바늘이 돋았던 걸까.
그동안 고춧가루 팍팍 넣은 음식은 어떻게 말없이 먹었을까.
얼마나 고단했으면 헛바늘이 돋았을까.
아프면 아프다고 왜 말을 안 했을까.
천지간 하고많은 남자와 여자 중에
하필이면 지지리 복도 없는 너와 내가 만났을까.

언젠가 형편 피면 손잡고 제주도 여행 한 번 가자면서
고기반찬은 내 앞으로 밀어 놓아 주면서
새벽에 나갈 때마다 흐트러진 내 신발 가지런히 놓아주면서

햇살 좋은 일요일엔 성성한 흰머리 뽑아주면서
그렇게 함께 나이 들어가면서

내 가여운 반쪽이
제 혓바닥에 바르던 연고를 마누라 팔뚝에 발라주고 있습니다.
발라주는 손이 보일 듯 말듯 떨립니다.

서쪽 하늘

하루 일 끝내고 집으로 가는 길
주머니는 가볍고 다리는 무겁다.

오늘 하루를 살았다는 안도와
오늘 같은 내일이 다시 오리라는
마음의 경사 위로
노을이 깔리는 저녁

낮에서 밤으로 가는 저물녘 어디에도
사람의 저녁은 없는데
어쩌자고 노을은 저리도 붉게 타는 것인지

우두커니
서쪽 하늘을 바라본다.

그대 생각

시도 때도 없는 그대 생각을
또 하루 잠가 놓습니다.

오늘 밤도
텅 빈 추억의 집 외등 아래
주인 없는 열쇠가 풍경風聲처럼 웁니다.

씀바귀 뿌리를 무치는 아침

아침에 씀바귀 뿌리를 무칩니다.

씀바귀 뿌리는 친정아버지께서 무척이나 좋아하셨습니다.

쌉싸름한 향이 입안에 퍼지면 하늘로 날아갈 것 같다는 아버지를 위해

엄마는 자주 씀바귀 뿌리 반찬을 밥상에 올리셨습니다.

씀바귀 뿌리 무침은 어릴 땐 입에도 대지 않았지만

지금은 비싸서 자주 먹지 못하는 음식입니다.

나이 들면 변하는 입맛은 어쩔 수 없이 부모님 닮아가나 봅니다.

큰맘 먹고 사 온 씀바귀 뿌리는

온갖 양념과 정성을 다해도 엄마가 해주시던 그 맛이 아닙니다.

뭐가 부족한 걸까요.

예전엔 먹고 살기조차 힘들어서 양념도 넉넉하지 않았고

있어도 아낌없이 듬뿍듬뿍 쓸 수 없었습니다.

그런데 엄마 손만 닿으면

툭 던지듯 양념 몇 가지 넣어서 대충 쓱쓱 버무려내기만 하면
어찌 그리 맛난 음식이 요술 방망이처럼 뚝딱 생겨났는지
아무리 생각해도 그 비밀을 알 길이 없습니다.
혹시 손맛 때문은 아닐까 싶어 맨손으로 무쳐 보지만
역시나 택도 없습니다.
공연히 손 씻는 번거로움만 더할 뿐입니다.
엄마가 해주시던 음식과 엄마의 손맛엔
귀신이 곡하고도 남을 뭔가가 분명 있었습니다.

내가 무쳐놓고도 긴가민가 싶은데
늘 맛있게 먹는 남편이 예뻐만 보입니다.
삼십 년 가까이 내 손으로 만든 음식 먹었으니 그렇겠지만
어째서 난 자취생활 포함해서 음식 경력 사십여 년이 넘는데
여태 엄마 손맛을 못 따라갈까요.
엄마는 입버릇처럼 여자는 시집가면 그날부터 손에 물 마를
날 없다면서
엄마 밑에 있을 때 편해야 한다면서

배우지 않아도 어떻게든 먹고 살게 마련이라면서

부엌살림이며 음식 만드는 법을 가르쳐주시지 않았습니다.

지금은 이승과 저승으로 갈라져 있으니

아무리 답답하고 궁금해도 달려가 물어볼 수도 없습니다.

엄마, 제가 지금 하는 것들이 맞나요?

시집가면 손끝에 물 마를 날 없다는 말씀이 딱 들어맞는 걸 보면

기억을 더듬어 내는 엄마의 손맛 흉내가 어쩌면 맞을까요?

나도 딸에게 아무것도 가르쳐주지 않고 있는데

엄마가 옳으셨듯 저도 옳은 건가요?

씀바귀 뿌리 반찬을 무쳐놓는 아침,

올겨울 들어 가장 춥다는데

오늘따라 엄마가 많이 그립습니다.

고등어 비린내

오래전 남편과 트럭 행상을 할 때 일입니다.

저녁나절 금악리에 차를 세우고 마이크 볼륨을 올렸습니다.

몇몇 아주머니들이 금세 트럭을 에워쌌고

한 젊은 새댁이 나에게 고등어를 한 손 달라고 했습니다.

그날따라 이상하리만치 손님이 많아서

바삐 고등어를 집어 비닐봉지에 담아 건넨 후

고무장갑을 벗을 겨를도 없이 잔돈을 거슬러 줬습니다.

"아줌마, 그러면 돈에서 비린내 나잖아요!"

"어, 죄송해요. 다른 돈으로 드릴게요."

고무장갑을 벗고 건넨 잔돈을 받던 새댁이 낮게 궁시렁거렸습니다.

"기분 나빠…"

남편과 부지런히 장사를 마친 후

트럭 조수석에 앉으니 눈물이 왈칵 쏟아졌습니다.

그날 이후로 거의 이 십여 년 가까이 장사를 하면서

나는 한 번도 고무장갑 낀 손으로 잔돈을 세지 않았습니다.

살다 보면 무심코 던진 한마디에 상처받는 일이 종종 있습니다.

대부분 상처는 세월과 함께 차츰 아물지만

때로 어떤 상처는 끝끝내 아물지 않고 도지기도 합니다.

내겐 고등어 비린내가 그렇습니다.

고등어는 값싸고 맛있어서 시도 때도 없이 먹는 생선입니다.

따라서 내 상처도 시도 때도 없이 도질 수밖에 없습니다.

어쩌자고 고등어는 그리 맛있는지 모를 일입니다.

생일 꽃다발

퇴근하는 남편 손에 꽃다발이 들려 있습니다.

웬 꽃다발이냐고 묻자

낼 우리 딸 생일이어서 사 온 거라고 합니다.

딸은 속초에 있습니다.

내일은 평일이어서 갈 수 없습니다.

일 안 하고 속초 갈 거냐고 묻자 아니랍니다.

예쁜 딸 낳아서 기르느라 고생한 당신 주려고 사 왔답니다.

사람이 변하면 죽는다는데

남편이 변했습니다.

정말 죽으면 나는 과부가 되고

청상은 아니지만 남은 세월이 막막해집니다.

늦은 밤에 일어나 앨범 속 젊은 날의 남편을 찾아냅니다.

변한 게 맞는 남편 모습을 확인하면서 안도합니다.

남편은 변하지 않았지만 변했고

변했지만 변하지 않았습니다.

예쁜 딸 낳아 예쁘게 길렀습니다.

예쁜 딸은 예쁘게 자랐습니다.

그 예쁜 딸이 떠나고

늙어가는 남편과 나만 남아서

남편은 예쁜 딸 낳아 기르느라 고생했다며 꽃다발 사 오고

나는 사람 변하면 죽는다며 오래된 앨범을 찾습니다.

가난해도 선하게 살아가는 우리 부부의 이야깁니다.

딸내미 임용고사 보는 날

딸내미 임용고사 보는 날
늦잠이라도 자면 어쩌나 밤잠 설치다 일어난 새벽
조물조물 유부초밥 만들고
예쁘고 실한 과일 골라 담고
따끈한 보리차 보온병까지 챙긴 도시락 들고 현관문 나서려다
아차!
다시 안방으로 들어가 장롱 깊숙한 곳에서 보물 하나 꺼냅니다.
내 딸, 세상에 처음 나오던 날 입었던 배냇저고리
그 배냇저고리에 두 손 가만히 얹고 빕니다.
이제부터 저 혼자 힘으로
세상을 향해 날갯짓하며 훨훨 날 수 있게 해 달라고.

세상 모든 엄마는 다 그렇습니다.
자식 일이라면 떠다니는 먼지 한 톨도 의미가 있습니다.
하물며 딸내미 임용고사 보는 날
이십여 년 넘도록 고이 간직해온 배냇저고리야 말해 무엇할까요.
엄마 뱃속에서 세상을 향해 나오던 그 안간힘으로

젖을 빨던 그 안간힘으로
오늘만큼은 모든 지혜가 반짝반짝 빛나서
눈길 닿는 곳, 손길 가는 곳마다 정답만 콕콕 찍어 맞추라고
빕니다.
바보 같은 짓인 줄 뻔히 알면서도
하나님, 부처님, 천지신명님, 삼신할매까지 부릅니다.

내 어머니의, 어머니의, 어머니의, 어머니의,
제 배 아파 자식 낳은 모든 엄마가 세상에 있었던 그날부터
자식 앞에서 바보 아니었던 엄마가 있었을까요.
세상 모든 엄마는 맹꽁이 바보입니다.

소행성

동네 옆 개울가 둑길을 온전히 다 걸으면 5km가 조금 넘습니다.
오늘은 천근만근 몸이 무거웠지만 다 걸었습니다.
다녀오고 나니 몸살 기운이 사라졌습니다.
소소하지만 확실한 행복,
사람들은 소확행이라고 말합니다.
반려견 공주와 함께하는 둑길 산책도 소확행 중 하나입니다.

소확행은 소소하지만 확실한 행복입니다.
산책을 다녀와 공주를 마당에 묶어 놓고
신발을 털며 현관으로 들어설 때 문득 이런 생각이 들었습니다.
소행성 어때?
소소하지만 행복한 성취감!
어린 왕자가 살았던 바로 그 소행성!
중요한 건 눈에 보이지 않는다고 어린 왕자가 말했습니다.
소행성도 그렇습니다.

누가 유행어, 신조어를 만들어 내는지 모르지만

앞으로는 소확행 대신 소행성이라는 말을 써야겠습니다.

커피 한 잔의 여유

둑길 산책

남편과 함께하는 장 보기

오랜 친구와 나누는 한가로운 잡담

물소리, 바람 소리, 새소리…

마음이 여유로운 곳은 어디나

소행성입니다

수종사에서

당신과 나 어쩌면 천 년쯤 전에
서로 다른 물길로 흐르다가
저 두물머리처럼 만났을지도 몰라
종소리처럼 퍼져나간
작은 물방울에서 시작된 인연일지도 몰라

당신 손 꼭 붙잡고
가쁜 숨 몰아쉬며 오른 수종사에서
삼정헌 창밖 펼쳐지는 먼 물길 바라보며
석간수에 우려낸 녹차 한 잔 앞에 놓고
인생 참 쓸쓸해도
당신 있어 견딜 만했다는
당신 때문에 살 만했다는 생각이 들 때
문득 바라본 당신 옆모습
어쩜 많이도 늙어버렸네

잠시 소풍 나온 이 세상에서

잠시 소풍 나온 수종사를 뒤로하고
당신 손 붙잡고 내려오는 저문 길
나도 모르게 자꾸 뒤돌아보게 되는 수종사 같은
어둠 속으로 멀어지는 저 물길 같은
어쩌면 그런 인연일 거야

당신과 나는

벚꽃 미셀러니

아들과 함께 꽃 나들이 갑니다.
고성 건봉사를 거쳐 속초 영랑호까지
만개한 벚꽃길 따라갑니다.

꽃그늘 아래에서
'무궁화꽃이 피었습니다' 놀이를 하는 아이들을 지나고
건봉사 연등 아래 어슬렁거리는 고양이 '강'이와도 놉니다.
깊은 고요에 잠긴 산사의 오래된 벚나무 아래에서도
만개한 영랑호 벚꽃 둘레길에서도
놓칠세라 사진 찍습니다.
엄만 오늘 너무 예뻐요.
꽃보다 더 예쁘니?
그럼요.
너도 너무 멋지다.
장가가도 되겠다.
떨어진 꽃의 한숨과
만개한 꽃의 웃음이 즐겁습니다.

아들과 벚꽃 나들이 함께 한 봄
벚꽃 미셀러니는
낙화를 밟으며 걷는 길에서도
꽃피는 날을 꿈꾸게 합니다.
꽃잎처럼 여리지만 우주를 돌게 합니다.

찰랑찰랑

찰랑찰랑 이라는 말 참 좋다.

넘칠 듯 가득하지만 넘치지 않아 좋다.

작아서 더 좋다.

작은 물결

작은 방울 소리

작은 소녀의 긴 머릿결

어떤 날은 바람도 찰랑찰랑 작게 분다.

어느 날 오후 개울가를 산책할 때

흰뺨검둥오리 무리 지어 떠다니는 위로

찰랑찰랑 햇빛이 부서져 내리고

찰랑찰랑 물결이 빛나는 걸 보았다.

순간 내 가슴에도 뭔가 찰랑거리기 시작했는데

아,

찰랑거리는 모든 것이 다 보석이었다.

보이지 않는 보석도 찰랑찰랑 이라는 걸 그날 알았다.

뭐든 넘쳐야 만족하는 부자들은
찰랑찰랑을 좋아하지 않을 수도 있다.
하지만 나 같은 가난뱅이는
찰랑찰랑 이라는 말만 들어도 부자인 것 같아진다.
딸이 찰랑거리고
아들이 찰랑거리고
내 옆지기가 찰랑거린다.
덩달아 찰랑찰랑
나도 찰랑거린다.

크리스마스 선물

어렸을 때 크리스마스가 다가오면 연례 행사처럼 교회에 갔습니다.

크리스마스 당일에 가면 미안하니까 양심상 몇 주 전부터 다녔습니다.

착한 어린이에게는 산타가 선물을 준다 해서

전날 밤 양말을 머리맡에 놓고 잤지만

단 한 번도 산타는 오지 않았습니다.

아침에 눈을 떴을 때 아무것도 들어있지 않은 빈 양말을 바라보며

나보다 공부를 못하는 아이도

나보다 착해 보이지 않는 아이도 선물을 받는다는데

나는 얼마나 나쁜 아이일까 생각하며 슬퍼했습니다.

언제부턴가 나는 양말을 머리맡에 두지 않았고

끝끝내 선물 한 번 주지 않았던 산타는 어린 내게 상처였습니다.

또다시 성탄절입니다.

아침에 눈을 뜨니 머리맡에 커다란 과자 상자가 있습니다.

딸이 놓아둔 것입니다.

언젠가 이러이러해서 엄마는 어릴 때 마음의 상처를 받았다고 했는데

엄마의 말을 잊지 않고 있던 딸이 산타가 되었습니다.

떨리는 마음으로 상자를 열고 울긋불긋 과자와 사탕을 봅니다.

오! 드디어 산타가 착한 엄마를 알아봤습니다.

나도 모르게 입이 귀에 걸립니다.

살면서 누군가에게 일부러 작정하고 상처를 주는 일은 거의 없습니다.

혼자 상처받는 사람들이 세상엔 너무 많습니다.

가난함으로, 외로움으로, 지친 몸으로, 좌절과 방황으로 아프고 힘듭니다.

그 아픔 위에 무심히 던지는 말 한마디는 상처에 뿌려지는 소금이 되지만

공감의 말 한마디는 약이 됩니다.

따뜻하게 잡아주는 손은 힘이 됩니다.

과부 사정 홀아비가 안다는 말은

과부와 홀아비가 아니면 서로의 사정을 모른다는 뜻일 수도
있습니다.

온 누리에 축복 가득한 성탄절엔

우리 모두 누군가에게 과부가

누군가에게 홀아비가 되었으면 좋겠습니다.

옆에 있는 것만으로도 서로에게 선물이 되었으면 좋겠습니다.

Merry Christmas!

세월은 띄어쓰기를 하지 않는다

퇴락해가는 빈집에서 세월이 허물어지고 있다.

빛바랜 가족사진 속에서 젊은 날의 내가 웃고 있다.

아이들이 자라서 어른이 되고 어른은 늙어서 노인이 된다.

아침은 새벽 여명의 붉은 기운 속에서 밝아오고
어둠은 저녁노을의 금빛 속으로 스며든다.
사랑은 마음에서 마음으로 흐른다.
먼지 한 톨이 떠다니는 공간에도 시간의 빈틈은 없다.

세월은 띄어쓰기를 하지 않는다.

지붕 공사

친정 오라버니 둘이 우리 집 지붕에 올라갔습니다.
칠순이 된 큰 오라버니와
오래전 사고로 다리가 불편한 작은 오라버니가
가난한 동생네 집 양철 기와지붕 비 샌다는 말에
추석 명절 하루를 반납했습니다.

재주라곤 없는 남편은 연신 연장을 나릅니다.
덥지 않아?
물 줘?
나는 지붕을 쳐다보며 묻습니다.
돈도 되지 않는 지붕 쪼가리 수리하겠다는 업자를 구하지 못해
차일피일 공사가 늦어지다가
지난번 가을장마 폭우 땐 꼼짝없이 양동이 받쳤습니다.
비바람 피하고 내 한 몸 눕힐 수 있으면 되는 거라고
위안 삼으며 살던 집입니다.
애지중지 쓸고 닦으며 반짝반짝 윤을 내던 집입니다.
그 집에 줄줄 비 새는 걸 보며 마음이 착잡했습니다.

큰 오라버니에게 소소한 공사쯤은 식은 죽 떠먹기입니다.

혼자서 뚝딱 집도 짓는 재주꾼 작은 오라버니입니다.

너도 이제 흰머리가 꽤 많구나

지붕에서 내려와

마당에 철퍼덕 앉아 함께 과일을 먹던 작은 오라버니 말에

그러게나 말이야

맞장구를 칩니다.

함께 늙어가는 피붙이들이 말없이 서로의 흰머리를 흘끔거립니다.

삽상한 가을바람이 땀에 젖은 두 오라버니 흰 머리카락을

스칩니다.

두 오라버니 덕에 우리 집은 다시 살았습니다.

나도 살았습니다.

제 **5** 부

미쳤구나! 단풍

나만 몰랐네

지난밤 얕은 잠은
지붕을 두드리는 빗소리 때문이라 생각했네
찰박찰박 젖은 꿈도 봄비 때문이라 생각했네

어젯밤 비에는 꽃 피고
오늘 아침 바람에는 꽃 진다 했나
가련한 봄날이
비바람 속에 오간다 했나

밤새 내린 봄비에 꽃잎 벙글고
우주가 그 속에 숨어든 뜻을
밤새도록
나만 몰랐네

참나리

여름 한가운데서 참나리 피었습니다.
세상 하고많은 나리 중에서
참나리가 된
참나리

저 척박한 들판에도 참나리 지천으로 피어나는데
지천은커녕
가뭄에 콩 나는 것보다
참사람
만나기 힘듭니다.

하긴 나도
참사람이라 하기 힘듭니다.

빗소리

툭, 툭, 낡은 구두코를 건드리다가
동당동당 시린 관절 마디를 두드리다가
추적추적 여린 가슴을 적시다가
속눈썹만큼 쌓인 그리움에 맺혀 떨어지는

주룩주룩
빗소리

지랄 총량의 법칙

　모든 인간에게는 평생 쓰고 죽어야 하는 '지랄'의 총량이 정해져 있다고 합니다. 시기를 불문하고 어쨌거나 죽기 전에 반드시 그 양을 다 쓴다고 합니다. 나도 지금껏 꽤 지랄을 떨며 살았습니다. 왜, 무엇 때문에, 얼마나 지랄을 떨었는지는 기억나지 않습니다. 때론 옆에 있는 사람이 졸지에 봉변을 당했고, 때론 스스로 가슴을 쥐어박으며 지랄을 떨었습니다. 내 마음이 내 마음대로 되지 않아서 그랬겠지만 어쨌든 거의 참지 않았던 건 분명합니다.

　시도 때도 없이 떨던 지랄이 잦아들기 시작한 건 환갑 지나고부터인 것 같습니다. 한 갑자 돌고 나니 조금 철이 들었을 수도 있습니다. 나는 요즘 앞으로 내가 떨 수 있는 지랄이 얼마나 남아있을지 가늠해보곤 합니다. 이번 생에서 떨 수 있는 총량이 거의 다 채워져 가고, 지금 내겐 최후의 비상 지랄 정도만 남아있는 것 같습니다. 사람 일은 모르는 거라서 아무리 지랄이라지만 늙어 죽는 날까지 넉넉하게 쟁여두고 싶은데 지랄마저 동나버리면 무슨 힘으로 살아갈지요.

그래도 지랄 떨 때가 좋았습니다. 지랄도 기운이 있어야 떨 수 있습니다. 깊이를 알 수 없는 이 가을의 울적함은 내 지랄의 총량이 바닥을 드러내고 있다는 초조함 때문일지도 모릅니다.

장마

잠시 비 그치고
먹구름 사이로 어린아이 바짓가랑이만큼 드러나는
푸른 하늘

얼마나 좋으냐
저 먹구름 뒤에 푸른 하늘이 있다는 것은

들국화라고 부를래요

때로는 무식이 정겨울 때가 있는데요.

들국화를 부를 때가 그렇습니다.

쑥부쟁이, 구절초 구분 못 한다고 가을이 어디 가나요.

누가 뭐라든 가을은 들국화지요.

들국화

들국화

들국화

부르기만 해도 가을 향이 나요.

부르기만 해도 풋풋했던 한 소녀가 나타나요.

오늘은 들국화 한 아름 따서 어디론가 보내려구요.

멀리 아득한 곳에 있던 꿈 많고 수줍은 한 소녀가

가을 들길을 달려옵니다.

아까시나무꽃

여름에 대한 나름의 정의가 있습니다.
아까시나무꽃 피었다 지면 여름입니다.
꽃 향이 밤 그늘 품에 안겨
슬픔이 남아있는 먼 추억을 돌고 돌아와 코끝을 스치면
봄날은 갑니다.

오월이 숨넘어갈 듯 깔딱깔딱할 즈음
차창을 열고 운전할 때
거실 창을 열고 멍하니 바깥을 바라볼 때
강아지와 함께 동네 개울가 둑길을 산책할 때
코끝을 스치는 향긋한 내음이 있다면
아까시나무꽃입니다.
아까시나무꽃이 피면 시인은 시를 씁니다.
아이들은 동구 밖 과수원길 노래를 부릅니다.
농부는 꿀을 땁니다.
기자들은 기사를 씁니다.

아카시아 흰 꽃이 바람에 날릴 때
고향의 뻐꾹새는 울어도
더 이상 아이들이 소 몰고 오는 세상은 아니지만
아까시나무꽃 피었다 지면
봄날이 갑니다.
그리고 여름입니다.

민들레

그 가시내
샐샐 웃으며
내 집 앞에 다시 나타났을 때
알아 봤어야 했어

작년 봄
노오란 눈웃음에 홀려서
겨드랑이 솔기에 슬어놓은 서캐처럼
부푼 맘 스멀거리며 밤잠 설쳐도
정작은 손목 한 번 잡아보지 못했는데
어느 날
하얗게 분칠하고 나서더니
시러베아들놈 같은 봄바람과 눈이 맞아
천지사방에
헤픈 웃음 흩날리며 떠나가 놓고선
언제 그랬냐는 듯 다시 찾아온
어지간히 속 빈 그 가시내

그 가시내 나타났을 때

알아 봤어야 했어

또다시 마음 주지 말았어야 했어

미쳤구나! 단풍

어쩌자는 것이냐.

연분홍 치마 봄바람에 휘날릴 적에도
모란이 뚝뚝 떨어지던 날에도
소나기 태풍 몰아칠 때도
그저 나긋나긋 말이 없더니

다 버리고 떠난다기에
다시 오겠거니 붙잡지 않았더니
이리도 요란하게 길 나설 심산이었네.
벌렁벌렁 훌떡훌떡 맘 뒤집어 놓고
후르르 떠나갈 참이네.

단풍,
미쳤구나!
네가 미쳤구나!

공산성에서

내 오늘
금강 굽어보는 고요한 누각에 서니
절로 아득해지고
절로 깊어져

천년 세월 거슬러 올라간
어느 봄밤
지금과 같은 소리로 울었을
소쩍새 울음소리 들려오고
억겁의 시간을 흘러
다시 제 자리로 돌아와 흐르는
강의 숨소리 들려오고

참으로 이상하오
지금 여기 나는 누구인지

다 내 꺼

내 눈에 보이는 건 다 내 꺼
붉게 타는 단풍
떨어지는 낙엽
흘러가는 구름
다
내 꺼

내 귀에 들리는 건 다 내 꺼
스치는 바람 소리
졸졸 계곡물 소리
새소리
다
내 꺼

사시사철 바뀌는 계절 다 내 꺼
온 산, 온 바다 다 내 꺼
밤하늘 별들도 다 내 꺼

나

살아있는 동안에는

다

내 꺼

십일월, 모두 다 사라진 것은 아닌 달

십일월,

이렇게 가을 보낼 수도

멍하니 오는 겨울 바라볼 수도 없는 달.

정신 차리고 겨울 채비 해야지 싶다가도

내리는 찬비에 넋을 놓는 달.

왠지 누군가 올 것 같아서

똥 마려운 강아지처럼 서성이는 달.

겨울이 창밖에서 기웃거리고

달이 차가워지는 달.

십일월,

기러기 날아가고

강물이 얼고

물이 나뭇잎으로 검어지지만

모두 다 사라진 것은 아니라고

인디언의 지혜가 말한 달

운디드 니의 결전을 준비하는

인디언들의 발소리가 들려오는 달.

입춘은 봄이다

봄은
조붓한 논둑길 저편에서 오는 줄 알았다.
지지배배 새들 날아다니는 하늘에서 내려오는 줄 알았다.
처마 끝에 떨어지는 가벼운 햇살 사이로 스며드는 줄 알았다.

아니다.
발밑에서 스멀스멀 올라오는 이 느낌
겨드랑이 솔기에 슬어놓은 서캐 같은 이 간지러움
독한 감기약 먹은 듯한 이 어지러움

입춘은 봄이다.

구월이 왔으니까요

이제는
길이 없어도
눈 감고도
가을로 갈 수 있습니다.
구월이 왔으니까요.

뙤약볕 아래 줄 서서 기다려야 했던
지난여름은 힘들었지만
오늘은
창조주께서 해시계 위에 당신 그림자 드리우고
선선한 바람 들판에 풀어 놓는 섭리를
바라봅니다.

이제 엉금엉금 기어도
뒹굴뒹굴 굴러도
가을로 갑니다.

구월이 왔으니까요.

광치령

살아서는 끝내
하늘에 닿지 못할 나뭇가지마다
별이 내려앉는 밤

광치령 이쪽에도
광치령 저쪽에도
그리운 이는 살지 않는데

별빛 묻어오는 산바람에
꽃잎은 이리저리 흩어지고
언제나 생각 많은 고사리골, 너럭골만
이 밤
하염없이 깊어가네.

* 광치령 : 양구군 남면에서 인제군 원통으로 넘어가는 고개